O Reino Secreto

Livro 8

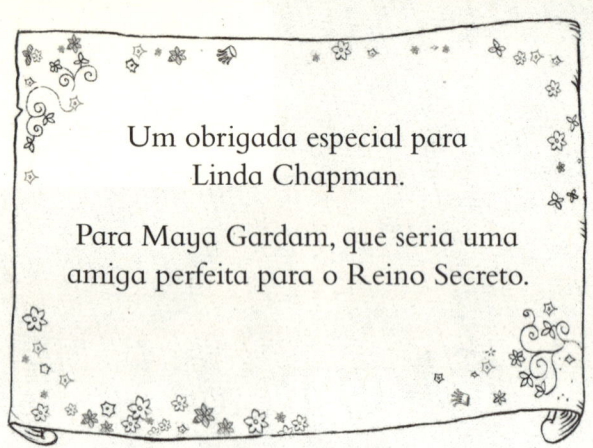

Um obrigada especial para Linda Chapman.

Para Maya Gardam, que seria uma amiga perfeita para o Reino Secreto.

**CIP-BRASIL. CATALOGAÇÃO NA PUBLICAÇÃO
SINDICATO NACIONAL DOS EDITORES DE LIVROS, RJ**

B17c
    Banks, Rosie
    A confeitaria doçura / Rosie Banks ; tradução Monique D'Orazio.
- 1. ed. - Barueri, SP : Ciranda Cultural, 2017.
    128 p. : il. ; 20 cm. (O reino secreto)

    Tradução de: Sugarsweet bakery
    ISBN 978-85-380-6841-9

    1. Ficção infantojuvenil inglesa. I. D'Orazio, Monique. II. Título.
III. Série.
16-37715   CDD: 028.5
                                                                                    CDU: 087.5

© 2013 Orchard Books
Publicado pela primeira vez em 2013 pela Orchard Books.
Texto © 2013 Hothouse Fiction Limited
Ilustrações © 2013 Orchard Books

© 2017 desta edição:
Ciranda Cultural Editora e Distribuidora Ltda.
Tradução: Monique D'Orazio
Preparação: Carla Bitelli

1ª Edição
www.cirandacultural.com.br

Todos os direitos reservados. Nenhuma parte desta publicação pode ser reproduzida, arquivada em sistema de busca ou transmitida por qualquer meio, seja ele eletrônico, fotocópia, gravação ou outros, sem prévia autorização do detentor dos direitos, e não pode circular encadernada ou encapada de maneira distinta àquela em que foi publicada, ou sem que as mesmas condições sejam impostas aos compradores subsequentes.

A Confeitaria Doçura

ROSIE BANKS

Ciranda Cultural

A Confeitaria Doçura

Sumário

Um presente de aniversário   9

Reino Secreto, aí vamos nós!   25

Um feitiço perverso   43

Morceguinhos furtivos   59

Travessuras   71

A hora do resultado   81

Parem aquele morcego!   99

Um presente de aniversário

Era um lindo dia de verão. O céu azul estava salpicado de nuvens fofas, e o sol brilhava no Parque Valemel, que estava lotado de pessoas alimentando os patos e passeando com seus cãezinhos. A mãe de Summer Hammond estava arrumando um piquenique de aniversário para Finn, um dos irmãos mais novos da menina.

– Não está fazendo um dia lindo? – Summer perguntou às duas melhores amigas, Jasmine Smith e Ellie Macdonald.

Jasmine concordou com a cabeça, o que fez os cabelos do seu rabo de cavalo escuro pularem para cima e para baixo.

– Está uma tarde perfeita para um piquenique de aniversário!

– Vamos ver os patos – sugeriu Summer.

– Esperem. Sua mãe está chamando a gente – Ellie apontou para a senhora Hammond, que acenava em meio a um mar de toalhas de piquenique coloridas.

As garotas correram para ver o que ela queria.

– Meninas, vocês podem me fazer um favor? – perguntou a senhora Hammond. – Eu preciso de uma ajudinha com uma das brincadeiras da festa. Vocês podem esconder estas estrelas antes que o Finn e os amigos dele cheguem? Depois, quando estiverem todos aqui, eles vão sair para procurar as estrelas.

De dentro de uma das cestas de piquenique, ela pegou uma sacola de estrelas prateadas feitas de papelão.

– Claro, mãe – respondeu Summer.

– Não vão muito longe e não escondam as estrelas perto demais da lagoa dos patos. A gente não quer que ninguém caia lá dentro, né! – disse a senhora Hammond, sorrindo.

As meninas pegaram a sacola e saíram pelo parque.

– Está bem, vamos dividir as estrelas e cada uma de nós esconde algumas – combinou Jasmine, antes de entregar um punhado de estrelas para Ellie e outro para Summer.

As três meninas saíram correndo para lados diferentes e foram escondendo as estrelas nos arbustos e nos troncos ocos, em bancos e perto dos canteiros de flores. Por fim, só faltava esconder uma última estrela.

– Onde será que devo colocar esta aqui? – perguntou Summer. Ellie e Jasmine vinham andando atrás dela.

– Que tal ao lado daquele banco, próximo da lagoa? – sugeriu Ellie. – Não é muito perto da água.

Elas todas correram até lá. Jasmine afastou uma folha comprida de grama e se abaixou para esconder a estrela embaixo do banco. De repente, ela ouviu um coaxar bem alto, e um sapo pulou dali! Jasmine deu um gritinho e saltou para trás.

Ellie caiu na risada.

– Jasmine, é só um sapo!

– Eu sei, mas levei um susto! – Jasmine deu um risinho.

– Coitadinho – disse Summer, observando a pequena criatura sair dali aos pulos. – Aposto que ficou mais assustado do que você, Jasmine!

A Confeitaria Doçura

Meio tristonha, Summer observou o sapo se afastar pulando. O animalzinho a fez lembrar do amigo delas, o rei Felício, governante de um lugar incrível chamado Reino Secreto. As meninas descobriram esse lugar depois de terem encontrado no bazar da escola uma linda caixa de madeira entalhada e de a terem levado para casa. A caixa as transportou ao Reino Secreto, onde elas desfizeram as confusões que a rainha Malícia, a horrível irmã do rei Felício, tinha provocado por lá assim que os súditos do reino decidiram que queriam o rei Felício como governante, e não ela. Com a ajuda da amiga fadinha, Trixi, as meninas conseguiram quebrar o feitiço da rainha Malícia e salvar o reino, só que agora a rainha tinha envenenado o rei Felício com uma poção terrível que, aos poucos, o estava transformando num sapo fedido!

Um presente de aniversário

— Espero que o pobrezinho do rei Felício esteja bem — falou Summer, preocupada.

— Vocês acham que ele está começando a se parecer com um sapo? — perguntou Jasmine.

— Ah, espero que não — disse Ellie. — Se ao menos a gente soubesse qual é o próximo ingrediente da poção-antídoto!

Elas sabiam que a única chance de curar o rei Felício era fazer uma poção-antídoto especial a partir de seis ingredientes raros. Jasmine, Summer e Ellie já tinham encontrado o primeiro ingrediente, o favo de mel de abolhas, mas faltavam ainda cinco itens.

— A rainha Malícia é muito má — comentou Jasmine, irritada. — Não acredito que ela está transformando o próprio irmão em um sapo, e tudo porque ela quer governar o Reino Secreto.

– Eu nunca faria isso com meus irmãos! – declarou Summer.

– Mesmo depois que o Finn colocou minhocas na sua cama? – perguntou Jasmine.

– Bom... Talvez eu o transformasse num coelhinho fofo, mas não em um sapo fedido! – Summer riu.

– Suuuummer! – a senhora Hammond chamou. – O Finn chegou!

Summer olhou para a aréa das árvores e avistou Finn se aproximando com os amigos. Ela resolveu guardar para depois os pensamentos sobre o Reino Secreto.

– Venham! – ela convidou Ellie e Jasmine. – Parece que a festa vai começar!

Finn e seus amigos se divertiram a valer na comemoração. Eles brincaram de batata-quente e de estátua, depois saíram para caçar as estrelas prateadas.

Um presente de aniversário

— Não sumam de vista! — alertou a senhora Hammond assim que os meninos começaram a correr dali.

— Não se preocupe, mãe — falou Summer. — Vamos ficar de olho neles!

Jasmine, Summer e Ellie correram atrás dos meninos e garantiram que eles não se afastassem demais. Depois de alguns minutos, os garotos já haviam encontrado quase todas as estrelas. Summer, Ellie e Jasmine se reuniram para observar Finn e seus amigos caçarem as últimas estrelas.

— Vamos dar uma olhada na Caixa Mágica enquanto todo mundo está ocupado — sugeriu Ellie com um sussurro. — Você a trouxe, Jasmine?

— É claro que trouxe! — Jasmine tirou a linda caixa de sua mochila.

As laterais eram cobertas com entalhes de sereias, unicórnios e outras criaturas mágicas, e seis pedras preciosas verdes circundavam o espelho da tampa. Jasmine esfregou a superfície reluzente da caixa e desejou com todas as forças que ela as levasse mais uma vez para o Reino Secreto.

– Encontramos todas as estrelas, Summer! – gritou Finn, correndo até a irmã.

Às pressas, Jasmine escondeu a caixa atrás das costas.

Finn parou de repente.

– O que é isso? – perguntou ele. – É um presente para mim?

– Não – Summer deu risada. – Nem tudo é presente de aniversário para você, Finn.

Um presente de aniversário

– Mas o que é? – ele perguntou de novo. Alguns dos meninos vieram correndo, e Finn apontou para Jasmine. – Ela está escondendo uma coisa e não quer falar o que é!

– Não é nada – insistiu Jasmine.

– Mas tem alguma coisa aí! – disse Finn, tentando espiar as costas dela. – É... é uma lanterna, ou algo do tipo. Estou vendo uma luz brilhando atrás de você!

A Confeitaria Doçura

Ellie e Summer olharam para a caixa. Ela estava mesmo brilhando!

Um presente de aniversário

– Ei, pessoal! – Ellie chamou mais que depressa. – Tenho uma ideia! Quem quer brincar de esconde-esconde?

– Eu, eu! – gritaram os meninos.

– Tá bom, meninos – disse Ellie. – Vocês nos procuram primeiro, depois é a gente que vai procurar vocês. Podem sair e esperar nas toalhas de piquenique. Contem até cem!

Os meninos correram de volta para o local do piquenique.

– Ufa! Essa foi por pouco! – suspirou Jasmine.

Ela tirou a Caixa Mágica de trás das costas e viu que a tampa espelhada ainda brilhava forte.

– O Reino Secreto deve estar precisando da gente! – exclamou Summer, já ansiosa. – Rápido, vamos encontrar algum lugar onde ninguém nos veja para ler a mensagem.

Ela apontou para um amontoado de arbustos ali perto.

A Confeitaria Doçura

Jasmine, Ellie e Summer correram até lá e se agacharam para se esconder debaixo da vegetação. Os arbustos tinham galhos altos que se uniam e formavam um dossel. Sentar debaixo dele era como estar dentro de uma caverna verde secreta.

Jasmine colocou a Caixa Mágica na sua frente. Letras cintilantes já estavam se formando no espelho.

Um presente de aniversário

— Vamos para o Reino Secreto de novo! – comemorou Summer, muito contente.

— Uma coisa é certa: Finn não vai nos encontrar lá! – disse Ellie, abrindo um sorriso.

Reino Secreto, aí vamos nós!

O brilho da Caixa Mágica iluminou os arbustos enquanto Jasmine lia a mensagem de Trixi.

– O próximo ingrediente que vamos buscar
é uma delícia, é docinho, é de arrasar!
Sigam para onde se estica a massa com rolos,
onde se assam biscoitos, pães e um monte de bolos!

– Onde se assa um monte de bolos… – repetiu Ellie, pensativa.

A Confeitaria Doçura

– Onde será que é? – perguntou Summer.

– E qual será o ingrediente? – acrescentou Jasmine. Seus olhos castanhos reluziam.

De repente, a Caixa Mágica começou a se abrir. Lá dentro, havia compartimentos de madeira contendo os seis objetos mágicos que as meninas tinham reunido nas aventuras anteriores. Enquanto observavam, o mapa mágico que o rei Felício tinha lhes dado na primeira visita ao reino saiu flutuando da caixa, abrindo-se diante dos olhos delas.

Reino Secreto, aí vamos nós!

Jasmine apanhou o mapa e o estendeu sobre a grama. Era como uma janela que se abria para o reino. Elas podiam ver as bandeirinhas no Palácio Encantado tremulando ao vento, os unicórnios pastando no Vale dos Unicórnios, e Clara Colombo, a duende exploradora, caminhando a passos largos nas encostas íngremes do Vulcão Borbulhante.

– Está bem – disse Ellie. – Vamos ver se conseguimos descobrir para onde ir.

– Talvez a resposta seja o palácio do rei Felício – sugeriu Jasmine. – Os elfos assam massas maravilhosas de todos os tipos lá.

Summer jogou as tranças longas e loiras para trás e observou o mapa com muita atenção. Será que o enigma estava se referindo a algum outro lugar? Seus olhos recaíram sobre uma casinha perto da Montanha Mágica, na qual ela não tinha prestado atenção antes. Era um chalé de aparência amigável com um telhado íngreme coberto de neve. Um pequeno fiapo de fumaça cor-de-rosa saía pela chaminé. Elfos corriam para dentro e para fora, com bandejas de pães, bolos, folhados e biscoitos recém-saídos do forno, e tudo era colocado numa carruagem puxada por um lindo cavalo branco.

– E quanto a este lugar? – perguntou Summer, empolgada. – Ele se chama Confeitaria Doçura!

– Ah, sim! – exclamou Ellie. – Parece ser aí mesmo. Uma confeitaria é um lugar cheio de coisas gostosas, com certeza!

As meninas cobriram as pedras verdes na tampa da Caixa Mágica com os dedos e sussurraram:

– A resposta para o enigma é Confeitaria Doçura!

Uma luz roxa forte disparou no ar. As três amigas fecharam os olhos e, quando os abriram, viram uma fadinha minúscula voando diante delas sobre uma folha. Os cabelos loiros bagunçados despontavam debaixo de um chapéu de flor. Ela vestia uma saia verde reluzente e uma blusinha que combinava.

– Trixi! – gritou Jasmine com alegria.

– Olá, meninas! – Trixi abriu um sorriso radiante.

– Vocês receberam minha mensagem?

– Recebemos – respondeu Ellie no instante em que Trixi pousou sobre seu ombro. – Como vai o rei Felício? Estamos muito preocupadas com ele.

Trixi parecia nervosa.

– Ele está coaxando cada vez mais – contou ela. Então seu rosto se iluminou. – É por isso mesmo que estou aqui. A tia Maybelle acabou de descobrir o próximo ingrediente para a poção-antídoto.

– Demais! – disse Jasmine. – E qual é?

As amigas olharam para Trixi cheias de ansiedade.

– É o açúcar prateado, o açúcar mais doce que existe. Uma pitadinha de nada deixa qualquer bolo ou biscoito docinho e delicioso.

– E ele vem da Confeitaria Doçura? – perguntou Ellie.

Reino Secreto, aí vamos nós!

– Isso mesmo – respondeu Trixi. – Mas não é nada parecido com um açúcar normal. O açúcar prateado só aparece uma vez por ano, no fim do concurso de bolos da Confeitaria Doçura. Quando o vencedor é anunciado, o açúcar prateado aparece na árvore prateada, que fica no jardim da confeitaria. O vencedor então pode usá-lo para preparar coisas gostosas durante um ano inteiro.

Jasmine franziu a testa.

– Mas, se só aparece uma vez por ano, como é que vamos pegá-lo?

– A competição de bolos é hoje! – Trixi anunciou, entusiasmada. – Vocês querem vir comigo para a Confeitaria Doçura e me ajudar a conseguir um pouquinho de açúcar prateado para a poção-antídoto?

– É claro! – disseram ao mesmo tempo Jasmine, Ellie e Summer.

Trixi deu uma pirueta feliz.

– Então deem as mãos e se preparem, porque aí vamos nós!

Assim que as meninas deram as mãos, Trixi deu uma batidinha no anel e cantarolou:

– Boas amigas, voem para o feitiço controlar,
antes que o rei Felício possa piorar!

Uma nuvem de centelhas disparou do anel e rodopiou ao redor das meninas formando um redemoinho cintilante prateado e lilás.

Summer agarrou as mãos de Ellie e Jasmine, sentindo que elas três eram levantadas do chão. Seu coração batia forte de expectativa. Ela mal podia esperar para ver como era a Confeitaria Doçura!

No exato instante em que o redemoinho mágico as tirou dali, elas começaram a ouvir o repicar de sininhos. As centelhas cintilantes foram desaparecendo, e logo as meninas se deram conta de que estavam sentadas numa carruagem puxada por um cavalo branco.

Os sinos nas rédeas do cavalo tilintavam uma melodia alegre. Um elfo gorducho e de aparência bonachona conduzia a carruagem.

Ellie sorriu para as amigas, e seu sorriso ficou maior quando notou que as lindas tiaras que elas sempre usavam no Reino Secreto tinham aparecido na cabeça delas. As tiaras informavam a todos os habitantes pelo caminho que as três meninas eram Amigas Muito Importantes do rei Felício.

– Próxima parada, Confeitaria Doçura! – anunciou o elfo, ao parar a carruagem na frente da casa que Ellie, Summer e Jasmine tinham visto no mapa. Um aroma delicioso de pão fresquinho, massa de bolo, açúcar e mel soprava no ar.

– Humm – murmurou Jasmine.

– Que cheiro maravilhoso – concordou Ellie.

– É tão bonito que dá vontade de comer! – exclamou Summer.

– E é tudo de comer! – riu Trixi. – Absolutamente tudo na construção da confeitaria é comestível.

– Uau! – exclamaram as meninas.

Elas desceram da carruagem e caminharam até a confeitaria. Trixi estava certa: era uma enorme casa feita de biscoito de gengibre! A estrutura das janelas era de alcaçuz com vidros de açúcar caramelizado colorido. As floreiras debaixo das janelas eram feitas de bastões de caramelo ocos, e ali se exibiam flores de açúcar dentro de vasos de marzipã.

Summer deu um passo adiante para observar o pó branco que cobria o telhado.

– Não é neve! – ela constatou, passando os dedos sobre o parapeito de uma janela e os lambendo depois. – É açúcar de confeiteiro!

A Confeitaria Doçura

– Vamos – chamou Jasmine. – Vamos entrar.

Dentro da confeitaria, havia balcões por toda parte, repletos dos doces mais deliciosos que Ellie, Summer e Jasmine já tinham visto: cupcakes decorados com espirais coloridas de chantili; enormes bolos fofinhos com tantas camadas que por pouco não tinham a altura das meninas; cheesecakes enormes e redondos; e biscoitos de chocolate decorados com purpurina de açúcar.

A barriga de Jasmine roncou alto.

Ellie sentiu os dedos coçarem para pegar seus lápis de cor. Ela adorava desenhar e estava morrendo de vontade de retratar todas aquelas

vitrines maravilhosas. Olhou tudo o que havia ali, tentando se lembrar de cada mínimo detalhe para poder pintar aquele cenário depois. Bem quando se virou para uma vitrine de enormes rosquinhas redondas com cobertura e bem recheadas de geleia, a porta da cozinha foi aberta no fundo da confeitaria e por ali entrou um elfo. Ele tinha mais ou menos a altura de Jasmine, mas dava três dela em largura. Tinha orelhas pontudas e um rosto rechonchudo e feliz. Vestia um avental na frente do corpo e um chapéu de confeiteiro na cabeça.

– Olá, posso... – ele começou a dizer, mas parou no meio da frase.
– Trixi! Que surpresa agradável!

A Confeitaria Doçura

— Olá, Albertin! — Trixi sorriu, depois explicou às amigas: — Albertin é o chef confeiteiro aqui na Confeitaria Doçura.

Albertin percebeu as tiaras das meninas e bateu palmas. Uma pequena fumaça de farinha levantou no ar quando ele fez isso.

— Minha nossa, vocês devem ser as meninas humanas do Outro Reino! Já ouvi falar muito de vocês.

Reino Secreto, aí vamos nós!

— Estas são Jasmine, Summer e Ellie — Trixi apresentou, apontando cada uma delas conforme falava. As meninas sorriram e trocaram apertos de mãos com o elfo.

— É um prazer conhecê-las! — disse Albertin com um grande sorriso. — O que as traz aqui hoje?

— Estamos aqui porque a rainha Malícia anda causando encrenca de novo — explicou Summer. — Ela envenenou o rei Felício com um feitiço, e agora... agora...

Albertin parecia tão preocupado que Summer não conseguiu continuar. Até mesmo os olhos azuis de Trixi estavam se enchendo de lágrimas.

— Agora o rei Felício está se transformando num sapo fedido — concluiu Ellie.

— Mas nós vamos deter a rainha Malícia — Jasmine explicou a Albertin. — Estamos ajudando a tia da Trixi, Maybelle, a fazer uma poção-antídoto para curá-lo. Só precisamos encontrar todos os seis ingredientes necessários para a poção.

– Pobre rei Felício! – exclamou Albertin. – Estou muito feliz que vocês tenham vindo até aqui para resolver as coisas. Mas por que aqui?

– Um dos ingredientes para a poção-antídoto é o açúcar prateado – explicou Jasmine. – A Trixi nos disse que ele aparece na confeitaria uma vez por ano, no fim do concurso de bolos.

– Aparece mesmo – Albertin confirmou, orgulhoso. – E todos os elfos daqui adoram o rei, por isso eu tenho certeza de que o vencedor da competição hoje vai dar a vocês todo o açúcar prateado de que precisarem.

As meninas se entreolharam felizes. Trixi assoou o nariz ruidosamente e sorriu.

– Sigam-me – disse Albertin, ao se encaminhar para a cozinha.

Reino Secreto, aí vamos nós!

Trixi comentou:

— Os elfos são uns fofos!

— Que legal! — disse Jasmine, com um suspiro aliviado. — Esta vai ser nossa aventura mais fácil até agora!

— Tudo o que temos que fazer é assistir à competição — concluiu Summer alegremente.

— Rá! — fez uma voz horrível atrás delas. — Isso é o que vocês pensam!

Trixi, Summer, Ellie e Jasmine se viraram e soltaram uma exclamação de horror. Bem ali, parada na entrada da cozinha, estava a silhueta alta e esquelética da rainha Malícia!

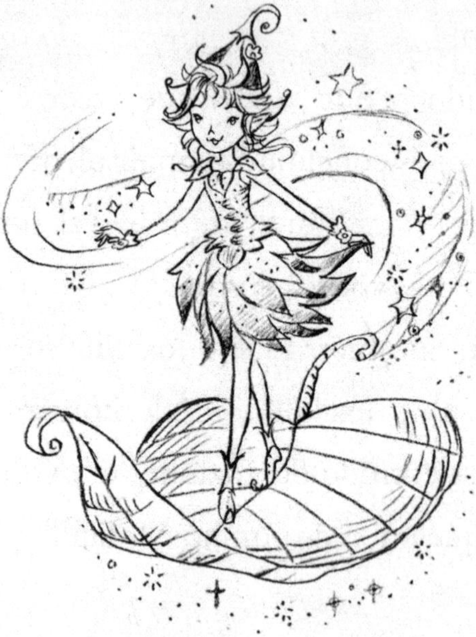

Um feitiço perverso

— Rainha Malícia! — exclamou Trixi.

A rainha má apontou o cetro longo e preto para as meninas.

— Eu nunca vou deixar vocês conseguirem o açúcar prateado! — ela guinchou.

Jasmine sentiu uma onda de raiva.

— Você não pode nos impedir! — ela declarou, corajosa. — Os elfos são uns fofos! Albertin disse que o vencedor da competição, não importa quem seja, vai nos dar um pouquinho de açúcar prateado.

– Ah, ele disse isso, foi? – rosnou a rainha Malícia. – Pois bem, vamos ver como vai ser!

Ela se virou e apontou o cetro para a cozinha.

– Todos os elfos fofos e sinceros
se tornarão maus, invejosos e severos.
Assim permanecerão, sem alegria,
até o açúcar desaparecer no fim do dia!

Ela bateu o cetro de relâmpago no piso, e dali ecoou um grande trovão seguido por um relâmpago. De repente, sons de coisas se quebrando e gritos de elfos vieram da cozinha.

– O que está acontecendo? – perguntou Ellie.

– Aproveitem bem seu tempo aqui com os elfos fofos! – a rainha Malícia gargalhou e saiu porta afora.

Um feitiço perverso

Jasmine correu até a janela e observou a rainha Malícia tirar dois ratos pretos de dentro do bolso, colocá-los no chão, erguer o cetro e disparar um raio verde nas duas criaturas. Os ratos cresceram e cresceram até ficarem grandes o suficiente para puxar uma carruagem redonda que de repente apareceu ali.

– Está tudo bem. Ela já foi embora – Jasmine disse às outras.

A Confeitaria Doçura

Antes que as amigas pudessem responder, as portas da cozinha se abriram e Albertin veio até elas de novo. O sorriso amigável havia desaparecido por completo de seu rosto redondo.

– Achei que tinha mandado vocês me seguirem! – disse ele, mal-humorado. – O que estão fazendo aí paradas?

– Você está bem, Albertin? – perguntou Trixi, aproximando-se dele sobre a folha.

– Ah, saia daqui, sua fadinha irritante! – retrucou Albertin.

– É o feitiço! – Summer exclamou assustada. – Foi isso que o deixou horrível.

Bem nessa hora, elas ouviram mais barulho de coisas quebrando e gritaria vindos da cozinha.

Um feitiço perverso

— Minha nossa — disse Trixi. — Parece que todos os elfos na confeitaria foram afetados pelo feitiço horrível da rainha Malícia!

— Você acha que o elfo vencedor ainda vai nos dar um pouco do açúcar prateado? — Jasmine perguntou a Albertin, um tanto nervosa.

— Dar um pouco de açúcar a vocês? — Albertin olhou feio para ela. — Mas é claro que nenhum dos elfos vai simplesmente dar o açúcar para vocês, suas crianças sem educação! Se quiserem o açúcar prateado, vão ter que entrar na competição como todo mundo! Fadas e humanos insolentes, querendo as coisas de graça! Humf! — ele bufou.

E com isso saiu pisando duro, todo ranzinza, de volta para a cozinha.

As meninas e Trixi se entreolharam com tristeza.

– O que vamos fazer agora? – perguntou Summer.

Ellie passou a mão pelos cabelos ruivos e cacheados.

– Acho que só nos resta entrar no concurso para tentar ganhar o açúcar.

– É verdade – concordou Summer. – A gente consegue! Jasmine, você é muito boa em fazer bolos. Poderia liderar a equipe.

Trixi negou com a cabeça, desanimada.

– Vocês não entendem! – ela disse. – É impossível vocês ganharem. Cada bolo é julgado não apenas pelo gosto, mas também pelo quanto ele é espetacular. Os bolos dos elfos não são apenas deliciosos, também são mágicos! O que venceu no ano passado era um bolo de pavê de 18 andares de botões de rosa com enormes asas cor-de-rosa. Enquanto os jurados estavam decidindo, o bolo saiu voando pelo salão, espalhando pétalas de açúcar.

– E daí se os elfos são bons? – disse Jasmine, empinando o queixo com determinação. – Eu conheço a receita do bolo de chocolate da minha avó e é delicioso. E você pode cuidar da mágica, Trixi.

A fadinha sacudiu a cabeça.

– Não desse tipo de mágica. Só os elfos da confeitaria sabem fazer mágica de bolo. Exige anos de treino. É por isso que todo mundo do Reino Secreto compra bolos na Confeitaria Doçura!

– Mas você não pode tentar, Trixi? – perguntou Jasmine. – A gente não vai simplesmente desistir!

– De jeito nenhum! Não podemos ficar aqui sentadas e deixar o rei Felício se transformar num sapo fedido! – exclamou Ellie.

– Tentar não faria mal a ninguém – implorou Summer.

– Certo, vamos tentar – concordou Trixi. – E já sei o que temos que fazer para começar!

Ela pairou com a folha sobre as amigas e deu uma batidinha no anel. De repente, todas estavam usando um avental colorido. O de Trixi era azul-claro com desenhos de cupcakes e biscoitos bordados com linhas brilhantes nas cores do arco-íris; o de Jasmine era da cor de cobertura de morango; o de Summer parecia creme de limão; e o de Ellie era do mesmo tom de roxo que as flores de açúcar nas floreiras da confeitaria.

– Muito melhor assim – comentou Trixi. – Agora, vamos começar a confeitar!

As meninas marcharam pela porta da cozinha com Trixi logo atrás, voando em sua folha. A cozinha da confeitaria era um cômodo enorme com chão de pedra e oito grandes mesas de madeira organizadas com tigelas, colheres e batedores. Seis das mesas já tinham grupos de elfos reunidos. Eles usavam chapéus de chef e aventais e conversavam enquanto arremessavam objetos. Panelas e frigideiras voavam por toda parte. Jasmine se encolheu quando uma colher de pau passou zunindo perto de sua cabeça.

– Vocês podem ficar com aquela mesa ali! – Albertin disse com rispidez para as meninas, apontando uma mesa vazia.
– Falem com Barba Verde e informem o nome do bolo que vocês vão fazer. Ele e eu somos os jurados.

A Confeitaria Doçura

Albertin indicou um velho elfo de barba verde curta, que estava segurando uma prancheta.

– Summer e eu vamos lá nos inscrever – disse Ellie. – Trixi, você pode fazer aparecer os ingredientes de que a Jasmine precisa?

– Claro – respondeu Trixi.

Ellie e Summer correram até Barba Verde.

– Sim? – ele as olhou feio.

– A gente gostaria de entrar no concurso, por favor – disse Ellie, com muita educação.

– Nome!

– Summer, Ellie e... – começou Summer.

– Não, suas cabeças de esponja! – interrompeu Barba Verde. – O nome do seu bolo!

– Oh! – Ellie olhou para Summer. – Como a gente vai chamá-lo?

– Que tal Bolo de Chocolate da Vovó? – propôs Summer.

O elfo deu uma risada desdenhosa.

Um feitiço perverso

— Bolo de Chocolate da Vovó! — sua voz saiu estridente e irônica, e os outros elfos ali por perto se viraram para olhar. — Que tipo de nome é esse? Vejam aqui os outros bolos da competição.

Ele mostrou a prancheta e Ellie leu os nomes em voz alta:

— Bolo Minha Nossa de Ponta-Cabeça, Bolo Fogos de Artifício no Céu de Brigadeiro, Bolo Pão de Ló Solista, Cupcakes Dançarinos...

As duas amigas se entreolharam. De repente, "Bolo de Chocolate da Vovó" não parecia nem um pouco legal.

Porém, antes que elas pudessem pensar em um nome melhor, Albertin começou a bater num grande gongo prateado pendurado na parede. Ele gritou:

— Competidores! Aos seus lugares. O concurso já vai começar!

A Confeitaria Doçura

Nas outras bancadas de trabalho, elfos estavam pegando colheres, tigelas e sacos de farinha e açúcar, aprontando-se para começar.

– Acho que vai ter que ficar Bolo de Chocolate da Vovó mesmo – disse Ellie, enquanto ela e Summer corriam até sua mesa.

– Só espero que Trixi consiga pensar em alguma boa mágica para colocar na receita – preocupou-se Summer.

– Competidores! – gritou Albertin. – Preparem-se...

– Espere! – interrompeu uma voz esganiçada. – Ainda não nos inscrevemos!

As meninas se viraram para a porta e viram três criaturas com asas de couro, cabelo espetado e pele cinzenta entrando em disparada na cozinha.

– Morceguinhos da Tempestade! – disse Jasmine, horrorizada. – Acho que a rainha Malícia

Um feitiço perverso

os enviou aqui para garantir que a gente não ganhe o açúcar prateado!

– Vocês estão atrasados – Barba Verde informou aos morcegos, de má vontade.

– Ah, não estamos, não! – disse o primeiro deles. Ele pegou a prancheta, apanhou a caneta e rabiscou alguma coisa na lista. – Viu só? Acabamos de entrar.

– Mas... mas... – gaguejou Barba Verde.

– A gente vai fazer o Bolo Delícia Surpreendente – declarou o morcego.

– E vamos ganhar o açúcar prateado! – disse outro. – Os Morceguinhos da Tempestade são ótimos cozinheiros, sabiam?

– Melhor do que os elfos idiotas! – zombou o terceiro.

– Ei! – gritou um dos elfos que estavam por perto. – Os elfos são cozinheiros muito melhores do que os morcegos!

O morceguinho apanhou uma tigela ali perto e a virou na cabeça do elfo.

– Isso é o que você pensa! – ele gritou.

Ele e seus comparsas correram para a última mesa vazia e subiram nela com um salto.

– Nós vamos vencer e não vamos dar nem um pouquinho do açúcar prateado para vocês – um deles se vangloriou. – O rei Felício vai se transformar num sapo fedido, e não há nada que vocês possam fazer!

Um feitiço perverso

Desmotivada, Trixi se virou para as três amigas, choramingando:

– Ah, não! E agora?

– Ordem! – Albertin gritou mais alto que todo o burburinho. Ele fez o gongo soar novamente e a cozinha caiu no silêncio. – Agora é hora de começar de verdade! Que tenha início o concurso anual de bolos da Confeitaria Doçura!

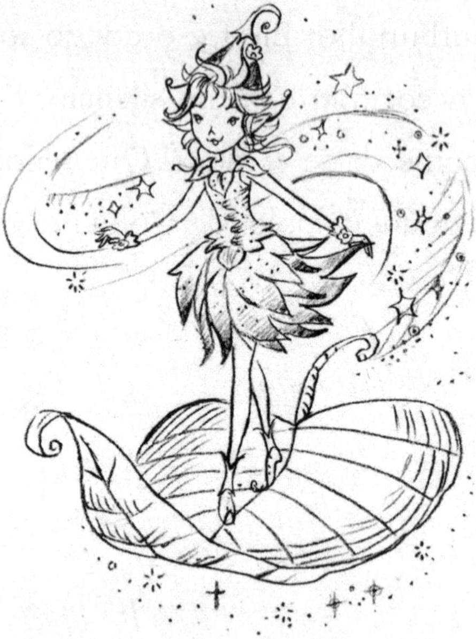

Morceguinhos furtivos

– E quem se importa com esses Morceguinhos da Tempestade bobos? – disse Jasmine, em tom feroz. – Temos um bolo para fazer. Vamos, meninas. Vamos começar!

Enquanto as amigas reuniam todos os ingredientes, Trixi encontrou alguns cupcakes da confeitaria para testar sua mágica. Ela os alinhou na mesa e começou a murmurar algo e a coçar a cabeça, enquanto flutuava em sua folha, acima dos bolinhos.

– Voe! – ela disse por fim, dando uma batidinha no anel e apontando para um bolinho.

O cupcake se elevou alguns centímetros no ar e desabou no chão com um *ploft!*

– Oops! – ela exclamou com uma risadinha.

– Continue tentando, Trixi! – encorajou Summer, quebrando alguns ovos dentro de uma tigela.

– Sei que você consegue! – exclamou Ellie, confiante.

Ela pegou um batedor de mão e começou a bater os ovos.

Jasmine apanhou um bonito jarro de vidro cheio de pó marrom e pesou uma quantidade.

– Ooh! – exclamou Summer, olhando para o pequeno jarro. – Será que é alguma coisa mágica?

– Bem que eu queria... É só chocolate em pó – disse Jasmine.

– Precisamos de algo mais especial do que isso se quisermos vencer – Ellie suspirou.

Enquanto Jasmine misturava o chocolate em pó com os ovos e Summer untava as formas de bolo, Ellie olhou em volta para ver como estavam indo todos os competidores. Na mesa atrás dela, um grupo de elfos decorava alguns cupcakes.

Quando os bolinhos foram confeitados, os elfos salpicaram um pó branco brilhante sobre eles e sussurraram um encanto. Os cupcakes imediatamente começaram a pular de um lado para outro, e alguns quase pularam para fora da mesa! Os elfos tiveram um belo trabalho para conseguir controlar todos os bolinhos decorados, até que um dos companheiros da equipe fez uma mágica para aparecer uma grande gaiola e trancou todos os cupcakes dentro dela.

Os Morceguinhos da Tempestade também estavam trabalhando com afinco. Summer os observava mexer dentro de uma enorme tigela uma massa de bolo esquisita cor de laranja bem forte. Summer franziu a testa e observou os morcegos. Ela tinha certeza de que havia três Morceguinhos da Tempestade antes, mas só estava vendo dois ali agora. Onde estava o outro?

Ela deu uma olhada pela cozinha e avistou o terceiro morcego se esgueirando pelas mesas dos elfos confeiteiros. Os olhos dele faiscavam de travessura.

– Olhem só aquele Morceguinho da Tempestade – sussurrou ela, cutucando Ellie e Jasmine.

A criatura estava com o olhar fixo em uma mesa à direita, no fundo da cozinha, onde um grupo de elfos preparava o Bolo Fogos de Artifício no Céu de Brigadeiro. Era um grande bolo no formato de uma roda de fogos de artifício, confeitado com a mais deliciosa cobertura de brigadeiro. No instante em que o morceguinho estava se aproximando da mesa, um dos elfos acrescentou a mágica ao bolo. Houve um lampejo dourado, e o bolo começou a girar no prato e disparar faíscas para todo lado, em um movimento circular.

– O que aquele morceguinho está fazendo? – perguntou Ellie, curiosa.

– Não sei, mas aposto que não é nada de bom – respondeu Summer.

Ela deu um passo adiante para alertar os elfos, mas foi tarde demais... O Morceguinho da Tempestade saltou e derrubou um copo de água em cima daquele lindo bolo! Ele então se agachou e se escondeu atrás da mesa e depois saiu de fininho para a bancada da própria equipe, pouco antes de os elfos notarem o dano.

– Nosso bolo! – gritou um dos elfos. – Está arruinado! Agora vamos ter que começar tudo de novo!

– A culpa foi sua! – disse outro elfo, apontando para o primeiro. – Era você que estava perto do copo.

– Mas não relei o dedo nele!

– Bom, alguém fez isso, seu cabeça de rosquinha desajeitado!

– Não fui eu!

Era horrível ver os elfos brigando. Summer correu para ajudar a esclarecer as coisas.

– Com licença – disse ela. – Foi...

– Saia daqui! – os elfos gritaram e não a deixaram continuar.

– Mas eu queria contar para vocês que foi...

– Saia daqui! – eles guincharam de novo.

– Aposto que ela está tentando copiar o nosso bolo! – opinou um deles. Todos olharam feio para a menina.

Summer voltou às pressas para junto das amigas e falou, com tristeza:

– Eles não querem nem me ouvir.

Ellie a abraçou.

– Não é culpa deles – ela confortou Summer. – A rainha Malícia deixou todos eles maus.

– Tem alguma coisa que podemos fazer para quebrar esse feitiço horrível, Trixi? – perguntou Summer.

A fadinha sacudiu a cabeça.

– Não... Os elfos vão continuar ranzinzas até o açúcar prateado acabar, e aí não vai ter sobrado nadinha para fazer a poção-antídoto. A gente precisa vencer a disputa. E eu preciso descobrir como fazer mágica de bolo!

Ela apontou o anel para outro cupcake e cantarolou:

– Flor!

Uma explosão de farinha saiu do bolo e salpicou Trixi inteira. Ela suspirou.

Ali perto, uma nova gargalhada estalou. Os Morceguinhos da Tempestade davam risadas más, muito satisfeitos de ver a fada coberta de farinha.

– Criaturas horríveis! – disse Jasmine. – Eles nem precisam de feitiço para ficarem maus.

– Não se preocupe, Trixi – disse Summer, com gentileza. – Tenho certeza de que você vai descobrir a tempo.

– Espero que os morcegos não tentem arruinar mais nenhum outro bolo – murmurou Ellie, observando as malvadas criaturas.

Os morcegos notaram que a menina estava olhando para eles e começaram a fazer caretas. Depois eles se reuniram e sussurraram entre si.

– Não estou gostando nada disso – comentou Jasmine. – Eles estão planejando alguma outra coisa. Tenho certeza!

– Eu sei – disse Ellie, baixinho. – Cada uma de nós fica de olho em um dos morceguinhos. Assim vamos poder impedir que eles causem mais problemas.

Enquanto Ellie falava, um dos morcegos se afastou dos outros e se aproximou da mesa onde os Cupcakes Dançarinos estavam sendo decorados.

– Vou seguir aquele ali! – ela disse em voz baixa. – Seja lá o que ele estiver planejando, não vou deixá-lo se livrar dessa!

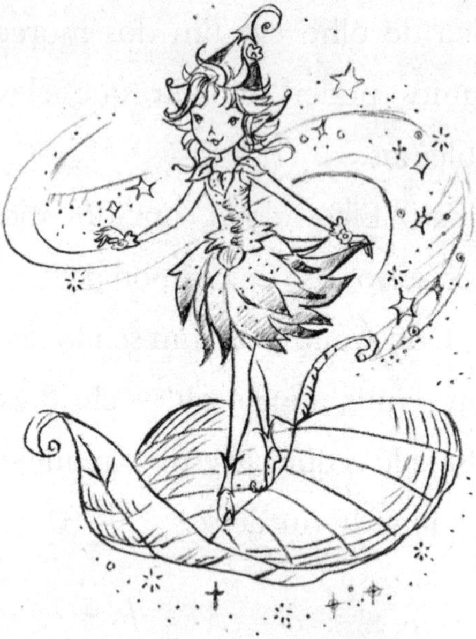

Travessuras

Ellie seguiu o Morceguinho da Tempestade, que ia serpenteando por entre as mesas. Ele estava com os olhos fixos na gaiola cheia de cupcakes saltitantes e ria perversamente. Os três elfos daquela mesa estavam ocupados discutindo sobre que cor de cobertura usar, por isso não notaram quando o morcego estendeu a mão para a gaiola.

– Não! – exclamou Ellie, mas já era tarde demais. Em um movimento ligeiro, o morcego destrancou a portinha da gaiola e a abriu.

A Confeitaria Doçura

Os cupcakes pularam para fora e começaram a saltitar, primeiro na bancada de trabalho e depois no chão.

Os elfos dos bolinhos gritaram e correram de um lado para outro, tentando apanhar os bolinhos em fuga.

Ellie se abaixou para ajudar. Ela conseguiu pegar um cupcake cor-de-rosa e foi colocá-lo de volta na gaiola, mas era difícil, pois o bolinho se sacudia e tentava pular das mãos dela. Ellie o segurava com a maior força possível sem amassá-lo e conseguiu guardá-lo com cuidado de volta na gaiola antes que o cupcake se desvencilhasse de seus dedos.

Travessuras

 Um dos elfos do Bolo Fogos de Artifício no Céu de Brigadeiro veio correndo para ajudar também. Ele pegou três cupcakes e passou algum tempo guardando-os na gaiola. Enquanto isso, Ellie perseguia um bolinho roxo que saltitava rumo à porta. Ela o capturou bem a tempo e o guardou de volta com os demais.

 Assim que todos os cupcakes estavam de volta na gaiola, um dos elfos fechou a portinhola com força e então lançou um olhar feio para Ellie.

 – Pare de espionar a gente! – ele gritou para ela. – Volte para sua mesa!

 – Mas eu só estava tentando ajudar – protestou Ellie.

 – Não me importo! – o elfo virou as costas.

Ellie voltou para sua estação de trabalho.

 – Ignore todos eles – sugeriu Summer, observando Jasmine tirar o bolo delas do forno.

– Toda essa falta de educação não é culpa deles. Tenho certeza de que não é intencional.

– É verdade – concordou Jasmine. – Agora vamos fazer a cobertura e o recheio do nosso bolo. O tempo está acabando e ainda falta um montão de coisas!

As meninas se revezaram em bater a cobertura de chocolate até ficar bem lisinha. Enquanto Summer estava com a tigela, Jasmine ergueu os olhos e soltou um gemido. Dois dos Morceguinhos da Tempestade estavam dando risada na mesa deles, mas o terceiro havia desaparecido. Ela procurou pela cozinha e o avistou se esgueirando para a mesa do Bolo Minha Nossa de Ponta-Cabeça.

– Ah, não... Eles estão aprontando de novo! – disse Jasmine às amigas. – Summer, você pode continuar misturando isto aqui?

Travessuras

Summer fez que sim e Jasmine saiu correndo atrás do morcego.

O Bolo Minha Nossa de Ponta-Cabeça era o bolo de merengue mais leve e mais fofo que Jasmine já tinha visto. Um creme salpicado de minúsculas estrelinhas prateadas transbordava pelo meio. Parecia uma delícia!

À medida que o morcego se aproximava de fininho, o bolo subiu no ar e deu três cambalhotas, antes de flutuar delicadamente e aterrissar de novo no prato. Os elfos que o haviam confeitado trocaram cumprimentos, cheios de orgulho.

Jasmine sorriu com prazer. Ela nunca tinha visto um bolo dar cambalhotas no ar antes! Então ela notou o morceguinho. Ele estava agachado no chão e tirava uma lata de pimenta do bolso. Parecia que ia jogá-la sobre o bolo para deixar o gosto horrível.

– Acho que só precisa de um pouco mais de açúcar – comentou um dos elfos, que observava o bolo dar outra pirueta.

– Aqui, eu tenho um pouco para emprestar! – falou um elfo na mesa do Bolo Pão de Ló Solista, estendendo uma pequena tigela cheia de cristaizinhos brancos.

O elfo correu para entregar a tigela, mas não viu o morceguinho agachado no chão. Ele tropeçou na criatura, e os dois saíram voando.

– Argh! – gritou o elfo.

A lata de pimenta voou da mão do morceguinho e deslizou pelo piso em direção à Jasmine. Ela a apanhou bem depressa enquanto o elfo e o morcego começavam uma discussão.

Travessuras

– Ufa! Essa foi por pouco! – ela disse ao correr de volta para Summer e Ellie e colocar a lata de pimenta sobre a mesa.

– Atenção, confeiteiros! – a voz de Albertin ribombou por toda a cozinha. – Vocês têm cinco minutos para finalizar!

– Cinco minutos?! – alarmou-se Ellie. – Nunca vamos conseguir terminar a tempo!

Jasmine olhou para as duas metades do bolo, que ainda estavam esfriando nas prateleiras de arame. Elas haviam passado tanto tempo tentando impedir que os morceguinhos estragassem o bolo dos outros que ainda nem tinham começado a decorar o delas!

A Confeitaria Doçura

— Vamos ter que terminar — disse Jasmine ao começar a espalhar o chocolate derretido sobre uma das metades do bolo. — Então vamos nos mexer!

— Não se preocupe, Ellie — disse Summer, em tom motivador. — Vamos conseguir, de um jeito ou de outro.

Ellie começou a passar colheradas da grossa camada de chocolate escuro para preencher toda a superfície da outra metade, enquanto Summer terminava de preparar a cobertura.

— Você já conseguiu fazer alguma mágica de bolo, Trixi? — perguntou Summer.

— Acho que sim! — gritou a fadinha.

Com uma batidinha no anel, o bolinho diante dela ganhou um tom lindo de rosa e depois assumiu um formato de coração. Mas o bolinho não parou por aí. Ele foi ficando maior e maior... até explodir e lançar migalhas por toda parte!

Travessuras

— Ai, não! – gemeu Trixi. – Preciso de mais tempo!

— Queria que a gente pudesse simplesmente parar o relógio – disse Ellie, desesperada.

Summer soltou uma exclamação de surpresa e gritou:

— Mas a gente pode, é claro! Podemos usar a ampulheta de gelo que os duendes da neve nos deram. Ela pode parar o tempo, lembram?

— Que ideia genial! – comemorou Jasmine. – Só precisamos pegá-la na Caixa Mágica.

Naquele exato instante, houve um lampejo prateado e então a Caixa Mágica apareceu sobre a mesa!

A hora do resultado

Diante dos olhos das meninas e de Trixi, a tampa da Caixa Mágica se abriu para revelar seis presentes especiais. Ellie pegou cuidadosamente a ampulheta de gelo de dentro da caixa e a segurou na frente do rosto.

– Rápido! – disse Jasmine, lançando um olhar para o relógio da cozinha. – Vire ao contrário! Só temos mais dez segundos!

A Confeitaria Doçura

Ellie virou a ampulheta. No mesmo instante, todos, à exceção das meninas e de Trixi, pararam no meio de seja lá o que estavam fazendo. Os elfos ficaram como estátuas carregando seus bolos no caminho para a mesa dos jurados. As faíscas do Bolo Fogos de Artifício estavam congeladas no ar. Os morceguinhos também estavam paralisados, agachados em torno de seu bolo laranja, cobrindo-o com uma pasta azul.

– Demais! – exclamou Summer. – Agora nós temos tempo para decorar nosso bolo.

– É melhor irmos rápido – alertou Trixi, olhando para a areia que escorria pelo meio da ampulheta. A mágica não vai durar muito!

As meninas se puseram a trabalhar às pressas.

– Já terminei com o recheio – anunciou Ellie alguns instantes depois, finalizando com um floreio.

A hora do resultado

— E a metade de cima também está pronta – disse Jasmine, colocando-a sobre a metade de baixo e usando uma faca para alisar o chocolate derretido nas laterais.

— Parece delicioso! – disse Summer, ávida para experimentar.

— Vamos provar o bolo – disse Jasmine, raspando um pouquinho da massa assada da forma. Ela mergulhou os pedaços na cobertura e passou para as amigas. Jasmine encontrou até mesmo um pedacinho pequeninho para Trixi poder experimentar.

Era o bolo de chocolate mais gostoso que Summer já tinha comido na vida. O recheio estava leve e consistente, e a cobertura de chocolate estava grossa e cremosa.

– Está delicioso, Jasmine! – Summer declarou.

– Perfeito! – concordou Ellie.

Jasmine parecia satisfeita.

– O gosto está igualzinho ao do bolo da minha avó!

– Agora só precisamos de um pouco de mágica, Trixi – disse Ellie.

– Hum... bom... – Trixi voou para cima e para baixo sobre o bolo, nervosa.

– Você consegue, Trixi! – encorajou Summer.

– Mas, por favor, depressa! – pediu Jasmine, apontando para a ampulheta, que só tinha alguns floquinhos de neve rosada sobrando. – Nosso tempo está quase acabando!

Trixi deu uma batidinha no anel. De repente, dele começou a cair uma cascata brilhante

A hora do resultado

prateada, que cobriu o bolo inteirinho de glitter.

– Incrível! – disse Summer. – Bom trabalho, Trixi!

– Que tipo de mágica é essa? – Jasmine perguntou ansiosa. – Será que funcionou?

Porém, antes que Trixi pudesse responder, os últimos flocos de neve rosada caíram no fundo da ampulheta, e todos na confeitaria começaram a se mexer de novo. De repente, a cozinha estava cheia de barulho.

– Só mais dez segundos! – gritou Albertin. – Dez, nove, oito, sete...

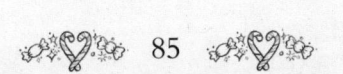

– Depressa! – disse Ellie. – Vamos levar o bolo até a bancada!

As três meninas carregaram o bolo até a mesa dos jurados o mais rápido possível. Elas o colocaram ao lado dos outros no instante exato em que Albertin fez soar o gongo para anunciar o fim da competição.

Jasmine soltou um suspiro de alívio e depois olhou os outros bolos. Ela mordeu o lábio. Todos os concorrentes pareciam incríveis. Até mesmo o bolo dos morceguinhos tinha ficado impressionante, com três camadas altas e, no topo, um círculo de espinhos que parecia igualzinho à coroa da rainha Malícia. O Bolo Minha Nossa de Ponta-Cabeça flutuava no ar, dando uma pirueta atrás da outra. O Bolo Fogos de Artifício no Céu de Brigadeiro girava e girava numa explosão de faíscas incríveis roxas e rosa. Os Cupcakes Dançarinos, todos com uma decoração

A hora do resultado

linda de flores e estrelas prateadas, saltitavam de um lado para outro no prato.

Jasmine olhou para o bolo de chocolate que elas tinham feito. Parecia bem comum se comparado a todos os outros. Ela realmente esperava que a mágica de Trixi fosse capaz de causar algum tipo de efeito maravilhoso.

– Os jurados agora vão provar os bolos! – anunciou Albertin.

Ele e Barba Verde caminharam pela fileira de bolos. Primeiro, provaram o Bolo Pão de Ló

Solista, que era decorado com centenas de notas musicais multicoloridas.

– Acho que ele vai cantar de um jeito muito lindo quando for cortado – Trixi sussurrou para as meninas.

Mas, para a surpresa de todos, quando Albertin o cortou, saiu um guinchado horroroso que ressoou por toda a cozinha.

Os elfos que tinham preparado o bolo ficaram chocados.

– Não era para a música sair assim! – gritou um deles.

Os jurados cobriram os ouvidos e provaram um pedaço.

– O gosto é bom, mas o barulho é terrível – disse Albertin.

A hora do resultado

Barba Verde concordou com a cabeça e declarou:

– De zero a dez, dou nota dois.

Os dois jurados passaram para os Cupcakes Dançarinos, mas, quando provaram, fizeram uma careta.

– Ficaram muito amargos! – disse Albertin, balançando a cabeça. – Mas a mágica ficou legal. Dou nota três para os Cupcakes Dançarinos!

E assim prosseguiram. Cada bolo parecia ter algo de errado. No Bolo Fogos de Artifício no Céu de Brigadeiro, as fagulhas acabaram e o bolo afundou no meio quando parou de girar. Já o Bolo Minha Nossa de Ponta-Cabeça estava tão salgado que os jurados tiveram que beber um copo enorme de água depois de prová-lo.

– Isso é culpa sua! – disse um dos elfos do Bolo Minha Nossa de Ponta-Cabeça aos responsáveis pelo Bolo Pão de Ló Solista. – Você disse que ia nos dar açúcar, não sal!

Um elfo da mesa dos Cupcakes Dançarinos apontou para os elfos do Bolo Fogos de Artifício no Céu de Brigadeiro.

– E vocês deveriam nos ajudar a capturar nossos bolinhos, mas aposto que fizeram alguma coisa com eles antes de guardá-los de volta na gaiola. Eu percebi que vocês ficaram mexendo lá por tempo demais!

Houve um repentino rugido quando todos os elfos começaram a acusar os outros de terem arruinado os bolos. As meninas olharam em volta, perplexas.

– Acho que os elfos estavam sabotando os bolos uns dos outros sem que a gente percebesse – disse Ellie. – A gente estava tão ocupada em vigiar os Morceguinhos da Tempestade que nem se deu conta de que os elfos também estavam aprontando!

A hora do resultado

– Bom, talvez a gente ainda tenha uma chance – comentou Summer esperançosa. – Agora só sobraram o nosso e o dos morceguinhos.

As meninas observaram com nervosismo os jurados se voltarem para o bolo delas. Eles o cortaram. Todos emitiram um suspiro faminto. Parecia deliciosamente achocolatado. O recheio era macio e escuro. O chocolate derretido na superfície era grosso e doce, e a purpurina dava um toque especial.

Albertin pegou um pedacinho de nada, mastigou e depois pegou mais um pedaço. Ele começou a sorrir. Barba Verde fez a mesma coisa.

– Hummm – disseram um para o outro, balançando a cabeça em sinal afirmativo.

– Delícia! – disse Albertin, comendo mais um bocado.

– Realmente muito bom! – afirmou Barba Verde.

— Que tipo de mágica você colocou no bolo?
— Ellie sussurrou para Trixi.

— Eu... — Trixi começou a dizer, mas Albertin a interrompeu.

— Um bolo muito gostoso, mas não é nem um pouco mágico — disse ele.

As meninas se entreolharam, confusas.

— Desculpe! — Trixi sacudiu a cabeça com tristeza. — Não consegui fazer a mágica de bolo funcionar, então só coloquei um pouco de brilho prateado em cima!

— Você fez o seu melhor — disse Ellie, com carinho.

A hora do resultado

– Bom, se você não conseguiu fazer mágica de bolo, então talvez os morceguinhos também não conseguiram! – falou Jasmine.

As meninas deram as mãos quando Albertin cortou o bolo laranja e azul dos Morceguinhos da Tempestade. De repente, cada um dos espinhos do bolo disparou um fluxo de cobertura azul que escorria pelas camadas, fazendo o bolo parecer uma linda fonte!

– Ooh! – gritaram os elfos.

– Aaahh! – exclamaram os jurados.

– Mas como os morceguinhos conseguiram fazer a mágica de bolo? – perguntou Ellie.

– Eles devem ter roubado a mágica dos elfos! – sugeriu Jasmine.

Summer e Trixi se viraram de costas quando Albertin espetou o garfo no bolo. Elas nem podiam olhar.

Jasmine e Ellie prenderam a respiração e observaram Albertin colocar o pedaço de bolo na boca...

– Eca! – ele exclamou cuspindo o que tinha na boca. – Nojento!

– Realmente horrível! – concordou Barba Verde, também cuspindo o que tinha na boca. – O que tem nesse bolo?

– Feijões cozidos e peixe, é claro! – disse um dos morcegos, surpreso.

– Hummm, delicioso! – disse outro, pegando um punhado para si. – Esse é o gosto que os bolos devem ter!

Albertin e Barba Verde se aproximaram e sussurraram por um minuto, e Albertin levantou a mão pedindo silêncio.

– Já escolhemos um vencedor! – ele anunciou. – O bolo dos morceguinhos vai ganhar

A hora do resultado

nota dois por causa da exibição da fonte mágica. Mas o único bolo que a gente gostaria de provar mais um pouco é... o Bolo de Chocolate da Vovó! Jasmine, Summer, Ellie e Trixi venceram, com nota oito!

Barba Verde declarou:

– Pode não ser mágico, mas ficou lindo e o sabor é espetacular! É o melhor bolo de chocolate que eu já comi na vida. Precisamos desta receita na nossa confeitaria!

As meninas soltaram uma exclamação de surpresa.

– Uau! Não acredito que vencemos o concurso! – gritou Jasmine.

– Melhor que isso – corrigiu Summer –, a gente ganhou o açúcar prateado!

As meninas deram as mãos e pularam. Trixi dava piruetas e girava alegremente acima delas, em sua folha.

Barba Verde e Albertin abriram duas enormes portas de caramelo e, de repente, a cozinha se encheu com um barulhinho de sinos, que vinha do pátio ali fora.

– A árvore prateada! – gritaram todos os elfos.

Eles correram para fora e chegaram a um amplo pátio de paralelepípedos. No centro, havia uma árvore com lindas folhas prateadas que faziam barulho como se fossem sininhos tilintantes balançando na brisa.

– E aquele deve ser o açúcar prateado! – constatou Ellie, apontando para fiapos de algodão-doce prateado que apareciam nos galhos.

– Sim – confirmou Trixi com um suspiro. – Não é lindo?

Em alguns minutos, toda a árvore estava coberta de bolinhas fofas prateadas. Albertin fez um gesto com a mão, e todas as bolinhas saíram flutuando dos galhos da árvore e caíram dentro

A hora do resultado

de uma grande saca de farinha que ele segurava.

– Aqui está o prêmio de vocês – ele disse às meninas, estendendo-lhes a saca.

– O açúcar prateado!

Jasmine deu um passo à frente para pegar a saca, mas, antes que tocasse nela, um dos Morceguinhos da Tempestade mergulhou em sua frente.

– A gente vai ficar com isto aqui! – ele gritou, afanando o açúcar das mãos de Albertin.

– Não! – gritou Jasmine.

Era tarde demais. O morcego estava fugindo com a saca preciosa de açúcar prateado nas mãos!

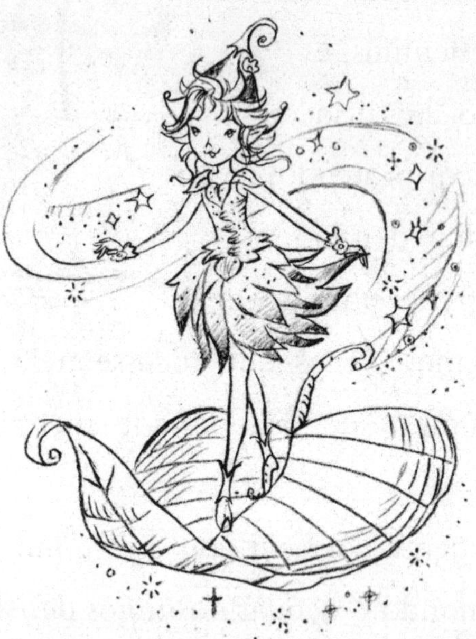

Parem aquele morcego!

Trixi agiu imediatamente. Com uma batidinha no anel, ela entoou um encanto:

– Açúcar de confeitar, cubra o chão.
Faça o morceguinho girar como um pião!

Então surgiu uma forte luz branca, e apareceu uma grande poça de cobertura açucarada na frente do morceguinho. Ele tentou parar, mas escorregou no doce.

A Confeitaria Doçura

– Aaaaahhh! – ele gritou, sacudindo os braços.

Com isso, ele arremessou a saca de açúcar prateado, que saiu voando muito alto no céu. O morceguinho caiu de bunda no chão no meio da cobertura de açúcar.

– Ah, não! – gritou Summer quando a saca começou a cair.

– Eu pego! – disse Trixi, e saiu em disparada ao mesmo tempo em que dava outra batidinha no anel. A saca parou no ar logo antes de tocar o chão.

– Viva! – ecoaram as meninas.

– Vou levar isto aqui direto para Maybelle, assim ela vai poder colocar na poção-antídoto. Assim que o açúcar acabar, os elfos vão voltar ao normal – Trixi explicou para as meninas. Em seguida, ela deu uma última batidinha no anel e gritou: – Eu volto já!

Parem aquele morcego!

Um redemoinho roxo girou ao redor da fadinha e da saca de açúcar, levando-as dali.

– Nãããão! – um rosnado alto rasgou o ar e fez as folhas da árvore prateada estremecerem.

Jasmine, Summer e Ellie viram, horrorizadas, os portões de ferro no fim do pátio se escancararem com um estalido, e a carruagem negra e redonda da rainha Malícia entrou, puxada por dois ratos enfeitiçados gigantes.

– Suas crianças irritantes! – sibilou a rainha Malícia ao se levantar do assento do condutor. – E seus morcegos inúteis, que as deixaram levar o açúcar prateado! Vou fazer todos vocês pagarem por isso!

Ela bateu o cetro no piso, e os ratos deram um salto adiante para puxar a carruagem.

– Ratos, comam tudo o que encontrarem pelo caminho!

A Confeitaria Doçura

Todos prenderam o fôlego ao ver os ratos correrem para a cozinha.

Jasmine se virou para os elfos e perguntou, elevando a voz:

— Vocês vão deixar a rainha Malícia destruir a confeitaria?

Mas os elfos aparentavam estar um pouco zonzos. Já não pareciam mais tão ranzinzas quanto antes e coçavam a cabeça, muito confusos, como se não soubessem direito por que estavam tão mal-humorados antes.

— O feitiço da rainha Malícia está passando! — exclamou Summer. — Os elfos estão ficando bonzinhos de novo!

— Não podemos ter ratos na nossa cozinha! — interveio Albertin. — Eles vão comer tudo!

Parem aquele morcego!

— Não se a gente puder ajudar — disse Jasmine, correndo para as portas de entrada da confeitaria.

No caminho, ela pegou um rolo de massa e uma travessa de um elfo. Então começou a bater o rolo na travessa para fazer um barulhão. Os ratos pararam, parecendo assustados.

— Em frente! — berrou a rainha Malícia, e bateu o cetro no piso, com raiva.

– Está funcionando! Peguem uma travessa! – Ellie gritou para os elfos. Ela começou a bater duas colheres de metal uma na outra, e os ratos passaram a recuar.

Bem nessa hora, Trixi reapareceu no alto, num redemoinho roxo.

– Trixi, precisamos de ajuda! – gritou Jasmine. – Você consegue se livrar dos ratos?

– Vou tentar! – disse a fadinha, muito corajosa. Ela deu uma batidinha no anel e disse:

– Ratos gigantes, voltem a diminuir.
Não puxem a rainha para entrar por ali!

Um fluxo de brilhos arroxeados jorrou do anel de Trixi e envolveu os ratos, que encolheram até voltar ao tamanho normal. O arreio que os amarrava caiu, e a carruagem tombou para a frente com tamanha força que a rainha

Parem aquele morcego!

Malícia foi arremessada direto para a poça de açúcar, ao lado de um morceguinho!

Ela deu gritos estridentes de raiva. Cobertura branca pingava de seu rosto ossudo e fez seu cabelo preto ficar cinza. Os morceguinhos ficaram chocados por um instante, mas logo começaram a dar risadinhas.

– Vocês se atrevem a rir da minha cara?
– a rainha Malícia gritou com eles e ficou em pé.

Os ratos olharam para ela, depois viraram as costas, saíram correndo pelo pátio e cruzaram os portões, em direção ao bosque adiante.

A rainha Malícia foi andando a passos largos para a carruagem.

– Não importa – disse ela, e lentamente abriu um sorriso cruel. – Vocês, Morceguinhos da Tempestade inúteis, podem me puxar!

Ela apontou o cetro para os três morcegos. Dali saiu um lampejo de luz verde e, de repente, as criaturas estavam amarradas na frente da carruagem. A rainha Malícia entrou e estalou o chicote no ar.

– Mexam-se, agora! – ela berrou com voz estridente.

Batendo as asinhas de couro, os Morceguinhos da Tempestade subiram no ar e levaram a carruagem dali.

Houve um instante de silêncio, depois todos começaram a falar ao mesmo tempo.

– Minha nossa, vocês viram como a rainha Malícia estava zangada? – perguntou Jasmine.

Parem aquele morcego!

– Ela ficou furiosa! – Summer deu uma risadinha.

– E estava coberta de açúcar de confeiteiro! – Ellie sorriu. – Ah, Trixi, você foi incrível!

Trixi baixou a cabeça.

– Eu ainda me sinto mal por não ter conseguido fazer a mágica de bolo – ela disse com tristeza.

– Isso não importa – falou Summer. – Você pode não ter conseguido fazer a mágica de bolo dos elfos confeiteiros, mas é brilhante com mágica de fadas!

– É verdade, você fez os ratos diminuírem e impediu que o morceguinho roubasse o açúcar prateado – acrescentou Jasmine. – Não teríamos conseguido a saca de volta se não fosse por você.

– Foi muito divertido ver o Morceguinho da Tempestade cair naquela poça de açúcar – Trixi admitiu, sorrindo.

– E agora temos o segundo ingrediente para a poção-antídoto do rei Felício – completou Summer.

Albertin bateu palmas.

– Isso pede uma comemoração! Acho que todos nós precisamos comer alguma coisa! Sirvam-se do que quiserem na confeitaria.

– Se bem que eu aconselharia a não provar nenhum dos outros bolos da competição – acrescentou Barba Verde, dando uma risada.

As meninas e os elfos correram para dentro e se esbaldaram com bolos e biscoitos, bolinhos e rosquinhas. Ellie experimentou uma fatia de bolo de cereja que deixou seu cabelo ainda mais ruivo do que o normal. Jasmine comeu um bolo de raspadinha de limão que estalava na boca a cada mordida. Já Summer escolheu uma torta de morango "Leve como pena", que voou ao

Parem aquele morcego!

redor de sua cabeça três vezes antes que ela pudesse comê-la. Barba Verde foi passando para o pessoal grandes copos de ponche de frutas com gelo, e todos concordaram que o bolo das meninas era o mais delicioso que já tinham comido. As últimas três fatias foram guardadas para Ellie, Summer e Jasmine.

Quando terminaram de comer, Ellie deu uma batidinha na barriga e falou com um suspiro:

– Sabem, acho que eu não consigo comer mais nada!

– Nem eu – disse Summer. – Estou cheia!

– Acho que isso significa que é hora de vocês irem para casa – Trixi sorriu.

– A gente volta assim que puder – prometeu Jasmine.

– Vou mandar uma mensagem na Caixa Mágica para vocês assim que a tia Maybelle descobrir qual é o próximo ingrediente para a poção-antídoto do rei Felício – Trixi prometeu. Ela passou voando para dar um beijo na ponta do nariz de cada uma das meninas.

As amigas deram as mãos.

– Adeus! – disseram para os elfos.

– Tchau! – eles gritaram de volta. – Obrigado pelo delicioso bolo de chocolate!

Parem aquele morcego!

— Vamos preparar esse bolo na nossa confeitaria de agora em diante – falou Albertin. – As pessoas virão de todo o Reino Secreto para provar o bolo de chocolate cintilante de Jasmine, Summer e Ellie!

— Vou falar para a minha avó que eu fiz esse bolo e que alguns amigos meus gostaram muito! – Jasmine deu risada.

— Por favor, mande um grande abraço para o rei Felício – Summer pediu à Trixi.

— Pode deixar – a fadinha sorriu.

Ela deu uma batidinha no anel e, imediatamente, as meninas foram cercadas por um redemoinho de fagulhas cintilantes roxas que as tirou do chão e as levou para casa.

Jasmine, Summer e Ellie pousaram de volta no meio dos arbustos, com a Caixa Mágica em segurança no meio delas.

Summer piscou.

— Ah, nossa! Esqueci que a gente estava aqui no parque.

— Essa viagem ao Reino Secreto foi uma delícia! — disse Jasmine, limpando um restinho de chocolate da bochecha.

— Foi a nossa aventura mais gostosa até agora! — Ellie abriu um sorriso.

Parem aquele morcego!

Bem nesse momento, elas ouviram som de vozes ali pertinho, então Finn colocou a cabeça por entre a vegetação baixa.

– Encontrei vocês! – ele gritou.

As meninas sorriram e engatinharam para fora do esconderijo.

– Bom trabalho, meninos! – elogiou Summer.

Os pequenos estavam todos reunidos em volta delas.

– Finn, Summer! – chamou a senhora Hammond, lá das toalhas de piquenique. – É hora do lanche. Quem quer bolo?

– Eu, eu, EU! – gritaram Finn e seus amigos, correndo para onde estavam todas as coisas do piquenique.

Summer, Ellie e Jasmine se entreolharam e gemeram.

Parem aquele morcego!

– Eu não consigo comer mais nem um pedacinho de bolo! – disse Ellie, com uma risada.

– Nem eu – concordou Summer.

Jasmine sorriu.

– E que tal mais aventuras, hein?

– Ah, essas sim! – Summer e Ellie exclamaram juntas.

Na próxima aventura no Reino Secreto,
Ellie, Summer e Jasmine vão visitar

O Bosque dos Sonhos!

Leia um trecho…

Dormir é chato

Ellie Macdonald estava brincando de bola no jardim dos fundos de sua casa com suas duas melhores amigas: Summer Hammond e Jasmine Smith. Jasmine lançou a bola para o alto e tanto Ellie quanto Summer saíram correndo para alcançá-la. Nesse instante, a mãe de Ellie abriu a porta dos fundos e chamou:

– Meninas!

Ellie se virou para olhar para a mãe, e Summer trombou nela.

– Oops! – Summer falou e logo começou a rir, quando as duas caíram uma em cima da outra no chão.

– Desculpe, você está bem?

Ellie sorriu e respondeu:

– Estou, sim. Eu caio tanto que já estou acostumada!

A senhora Macdonald sorriu e falou:

– Opa, desculpem, meninas! Só queria perguntar para a Ellie se hoje ela poderia botar a Molly para dormir. É que esta noite eu preciso resolver um monte de papelada atrasada.

– Claro, mãe! – falou Ellie.

Molly era sua irmãzinha de 4 anos. Ellie adorava ser a irmã mais velha, mesmo que Molly às vezes fosse um pouco desobediente.

– A gente ajuda – ofereceu Summer.

A senhora Macdonald sorriu e agradeceu:

– Obrigada! Tem pipoca na cozinha para todas vocês quando terminarem.

Ela desapareceu de novo dentro da casa.

– Que delícia! – declarou Jasmine. – Não vai demorar muito tempo para a gente botar a Molly para dormir. Depois podemos comer pipoca e assistir a um filme.

Ellie e Summer trocaram olhares divertidos.

– O que foi? – perguntou Jasmine, vendo a expressão no rosto delas. – Não pode ser tão difícil assim botar a Molly para dormir.

– Você não sabe como são os irmãos pequenos! – Ellie respondeu.

– O Finn e o Connor também nunca vão para a cama sem aprontar alguma confusão! – afirmou Summer, pensando em seus dois irmãos mais novos.

– Vai ficar tudo bem – Jasmine disse, alegre. – Afinal, se conseguimos vencer a rainha Malícia, acho que conseguimos fazer qualquer coisa!

As meninas sorriram. As três tinham um segredo incrível: podiam ir para um mundo mágico do qual ninguém mais sabia! O Reino Secreto era um lugar encantado cheio de criaturas incríveis, como sereias, unicórnios, elfos e fadas. O problema era que a linda terra estava passando por grandes dificuldades. Quando o querido rei Felício foi escolhido para governar o reino em vez de sua irmã, a malvada rainha Malícia, ela jurou que iria deixar todos no reino tão infelizes quanto ela. Até o momento, Summer, Ellie e Jasmine tinham conseguido impedir que vários planos da rainha se concretizassem, mas agora ela havia lançado uma maldição terrível sobre o próprio irmão!

A rainha Malícia tinha dado ao rei Felício um bolo envenenado que pouco a pouco o estava transformando em um horrível sapo fedido. A única maneira de curar o rei era com uma poção-antídoto. Para prepará-la, contudo, as meninas tinham que encontrar seis ingredientes muito raros. Precisavam reunir todos eles e curar o rei antes do Baile de Verão, senão o rei Felício se transformaria em um sapo fedido e viveria assim para todo o sempre! As meninas, sua amiga fadinha Trixi e a tia dela, Maybelle, eram as únicas que sabiam o que estava acontecendo, porque as duas fadinhas tinham lançado um feitiço de esquecimento em todos do reino. Assim, todos os outros, incluindo o próprio rei, não se lembravam da terrível maldição. As meninas tinham prometido fazer tudo o que fosse possível para ajudar secretamente seu amigo.

– Pelo menos a gente já encontrou dois ingredientes para a poção-antídoto – comentou Jasmine quando elas entraram para procurar Molly. – E espero que logo, logo a gente seja chamada de volta ao Reino Secreto para achar outro!

Molly já estava de pijama. A garotinha parecia uma versão menor de Ellie, com os cachos ruivos escuros e os olhos verdes e vibrantes. Ela estava saltando do sofá para cair em cima das almofadas que tinha jogado no chão.

– Oi! – disse ela, pulando toda animada. – Vocês vieram brincar comigo?

– Não, a gente não veio brincar com você, macaquinha – falou Ellie. – É hora de dormir.

– Mas dormir é chato! Eu vou para a cama se antes vocês brincarem de lojinha comigo! – negociou Molly. – Por favoooor! – ela acrescentou, pegando as mãos de Jasmine e olhando para ela com os olhos verdes arregalados.

– Ah, tá bom – cedeu Jasmine, sorrindo para ela. – Vamos brincar só uma vez.

– Duvido! – Ellie sussurrou para Summer, que deu uma risadinha.

Então Ellie perguntou:

– Você jura de pé junto que vai para a cama depois de brincar uma vez?

– Ah, sim – respondeu Molly, balançando a cabeça em uma afirmativa. – Eu juro.

Foi a brincadeira mais longa de todos os tempos. Jasmine estava enfileirando todas as pelúcias de Molly pelo que parecia ser a centésima vez quando Ellie interrompeu:

— Molly, agora é hora de dormir — ela disse com firmeza. — Lembre-se, você prometeu.

Molly sorriu para a irmã e retrucou:

— Eu prometi ir para a cama, não prometi que ia dormir! Quem chegar por último lá em cima é a mulher do padre!

E ela saiu correndo.

Jasmine soltou um gemido e lamentou:

— Tá, vocês duas tinham razão! Isso nunca vai ter fim!

Elas subiram. Molly estava pulando na cama e cantando em voz alta.

— Vamos, Molly, agora você precisa se deitar — falou Summer, indo até a janela e fechando as cortinas.

— Não fecha tudo! — Molly protestou. — Eu gosto de olhar para as estrelas. Elas me ajudam a esquecer meu medo do escuro.

Summer deixou uma fresta entre as cortinas.

– Preciso de outro cobertor! – Molly reclamou para a irmã.

– Ah, tudo bem! – Ellie suspirou.

Ela foi até seu quarto e pegou o cobertor de sua cama. Então deu uma olhada na escrivaninha. Ali em cima estava a linda Caixa Mágica que tinha vindo do Reino Secreto. Era entalhada com todos os tipos de criaturas mágicas e repleta de belas pedras preciosas. Também havia um espelho na tampa que estava... brilhando e cintilando! O coração de Ellie deu uma cambalhota no peito. Devia ser outra mensagem de Trixi, sua amiga fadinha que morava no Reino Secreto!

Leia

O Bosque dos Sonhos!

para descobrir o que acontece depois!

O Reino Secreto